Donated by
Friends of
Colusa County Library
2016

Dalia's Wondrous Hair

El cabello maravilloso de Dalia

By/Por
Laura Lacámara

Spanish translation by/
Traducción al español de
Gabriela Baeza Ventura

Piñata Books
Arte Público Press
Houston, Texas

Publication of *Dalia's Wondrous Hair / El cabello maravilloso de Dalia* is funded by a grant from the City of Houston through the Houston Arts Alliance. We are grateful for their support.

Piñata Books are full of surprises!

Piñata Books
An Imprint of Arte Público Press
University of Houston
4902 Gulf Fwy, Bldg 19, Rm 100
Houston, Texas 77204-2004

Cover design by Bryan Dechter

Lacámara, Laura.
Dalia's wondrous hair / by Laura Lacámara ; Spanish translation, Gabriela Baeza Ventura = El cabello maravilloso de Dalia / por Laura Lacámara ; traducción al espanol de Gabriela Baeza Ventura.
p. cm.
Summary: A Cuban girl transforms her long and unruly hair into a garden.
ISBN 978-1-55885-789-6 (alk. paper)
[1. Hair—Fiction. 2. Nature—Fiction. 3. Magic—Fiction. 4. Cuba—Fiction. 5. Spanish language materials—Bilingual.] I. Ventura, Gabriela Baeza, translator. II. Title. III. Title: Cabello maravilloso de Dalia.
PZ73.L2 2014
[E]—dc23

2013036485
CIP

∞The paper used in this publication meets the requirements of the American National Standard for Permanence of Paper for Printed Library Materials Z39.48-1984.

Printed in Korea in August 2015–November 2015 by PACOM
12 11 10 9 8 7 6 5 4 3 2

For Annalisa, Hal, and our little dog, Gigi.
—LL

Para Annalisa, Hal y nuestra perrita, Gigi.
—LL

As Dalia slept, cuddled up in her mama's cool silken sheet, her hair was unfolding and growing.

By the time the rooster crowed . . .

Mientras Dalia dormía, acurrucada en la sábana fresca y sedosa de su mamá, su cabello se expandía y crecía.

Para el momento en que el gallo cantó . . .

. . . her hair had grown straight up to the sky, tall and thick as a Cuban royal palm tree.

Dalia blinked her sleepy eyes, looked up at her hair and shouted, "Mama, look!"

"*Ay!* That's quite a head of hair you've got!" her mama said. "What are you going to do with it?"

. . . su cabello había crecido hasta llegar al cielo, tan alto y tan grueso como una palma real cubana.

Dalia parpadeó con los ojos aún soñolientos, miró hacia arriba para ver su cabello y gritó —¡Mamá, mira!

—¡Ay! ¡Cuánto cabello tienes! —dijo su mamá—. ¿Qué vas a hacer con él?

"Something big!" thought Dalia. Then, as she looked out at the flowers blooming in her mama's garden, an idea sprouted inside her.

"Wait here, Mama!" Dalia said. And she ran off into the forest.

—¡Algo grande! —pensó Dalia. Y mientras miraba las flores abrirse en el jardín de su mamá, se le ocurrió una idea.

—¡Espérame aquí, Mamá! —dijo Dalia y corrió hacia el monte.

Dalia adorned her hair with wild tamarind, coontie and violet leaves, cradling the special ones in the palm of her hand and burying them deep in her hair.

Dalia ran back home calling, “Mama, look! Guess what kind of tree I am!”

Dalia se adornó el cabello con las hojas de tamarindo silvestre, helecho y violeta, acunando las hojas especiales en la palma de su mano y escondiéndolas en la profundidad de su cabello.

Dalia corrió a su casa gritando —¡Mamá, mira! ¡Adivina qué tipo de árbol soy!

When Dalia ran past Señora Domínguez bent over her broom, the old lady cried, "Your daughter is bringing the forest with her!"

Cuando Dalia pasó corriendo por donde la Señora Domínguez estaba encorvada sobre su escoba, la anciana gritó —¡Tu hija se está trayendo el monte consigo!

Dalia's mama looked up from her garden and replied, "And what could be finer?"

Dalia giggled and made her mama a crown with the fallen leaves.

"Now guess what kind of tree I am, Mama!"

"Hmm, let's see . . . " her mama said. "A leaf-dropping hair-tree?"

"No, that's not it." Then Dalia had a thought. "Wait here, Mama!" she said, and ran off to the marsh.

La mamá de Dalia levantó la vista de su jardín y respondió —¿Y qué puede ser más lindo?

Dalia se rió y le hizo a su mamá una corona con las hojas caídas.

—¡Ahora adivina qué tipo de árbol soy, Mamá!

—Mmm, a ver . . . —dijo su mamá—. ¿Un árbol de cabello que tira hojas?

—No, no soy eso. —Entonces a Dalia se le ocurrió algo—. ¡Espérame aquí, Mamá! —dijo, y corrió hacia el pantano.

Dalia patted the cool, squishy mud into her hair. “There, that ought to keep things in place,” she thought.

Dalia ran back to her mama.

On the way home, she met Señora Soledad working in the sugar cane field with her twin girls, Lina and Nali.

Dalia puso con palmaditas lodo fresco y pastoso en su cabello. —Ahora sí, eso ayudará a mantener las cosas en su lugar —pensó.

Dalia corrió de regreso a su mamá.

En el camino, se encontró con la Señora Soledad trabajando en el cañaveral con sus hijas gemelas, Lina y Nali.

“*Ay!*” gasped Señora Soledad, when she saw Dalia. “What a tall, filthy mess! Do you want me to take care of that?” she offered, holding up her machete.

—¡Ay! —se sorprendió la Señora Soledad cuando vio a Dalia—. ¡Qué monte de cabello tan sucio! ¿Quieres que te ayude con él? —se ofreció, levantando el machete.

Dalia's mama overheard and dashed outside. "No, thank you, Señora Soledad," she said. "My daughter's hair is fine just the way . . . " Her nose crinkled at the swampy smell.

"You were saying?" said Señora Soledad.

"*Ay! Mira,* look," cried Lina, "there's something moving in there!"

"Worms!" yelled Nali.

"They're not worms!" Dalia laughed and skipped away.

La mamá de Dalia la oyó y vino corriendo. —No, gracias, Señora Soledad —dijo—. El cabello de mi hija está bien así . . . —su nariz se arrugó por el olor pantanoso.

—¿Qué decías? —dijo Señora Soledad.

—¡Ay, mira! —gritó Lina— ¡algo se está moviendo adentro!

—¡Gusanos! —gritó Nali.

—¡No son gusanos! —Dalia se rió y se alejó saltando.

That evening, Dalia's mama said, "Are you a leaf-crusted mud-tree?"

"No, that's not it, Mama!" Dalia giggled.

Her mama sighed and handed Dalia a bottle of her special moonflower shampoo. "Maybe it's time . . . " she said.

"Mama, no! Not yet!" begged Dalia. "Tomorrow you can guess what kind of tree I am!"

"All right Dalia, one more day," her mama said, holding her nose as she kissed her daughter goodnight.

Esa noche, la mamá de Dalia dijo —¿Eres un árbol de hojas incrustadas en lodo?

—¡No, no lo soy, Mamá! —rió Dalia.

Su mamá suspiró y le dio una botella de su champú especial de flor de luna. —Quizás ya es hora . . . —dijo.

—¡No, Mamá! ¡Todavía no! —imploró Dalia.— ¡Mañana podrás adivinar qué tipo de árbol soy!

—Está bien, Dalia, un día más —dijo su mamá apretándose la nariz para darle el beso de buenas noches a su hija.

That night, as Dalia slept, she sensed something stirring and unfolding in her hair. By the time the rooster crowed . . .

Esa noche, mientras Dalia dormía, sintió que algo se movía y se expandía en su cabello.

Para el momento en que el gallo cantó . . .

. . . Dalia ran out the door and shouted, "Hurry, Mama! It's time!!"

As her mama stepped outside, so did the neighbors.

"You scared my chickens!" squawked Señora Domínguez.

"You woke the twins!" scolded Señora Soledad.

But when Dalia stood in the middle of the garden, the entire world got quiet. "Ready, Mama?" Dalia whispered.

Mama smiled and nodded.

. . . Dalia salió corriendo y gritó —¡¡Apúrate, Mamá!! ¡Ya es hora!

Cuando su mamá salió de la casa, los vecinos hicieron lo mismo.

—¡Asustaste a mis gallinas! —chilló la Señora Domínguez.

—¡Despertaste a las gemelas! —regañó la Señora Soledad.

Pero cuando Dalia se paró en medio del jardín, el mundo entero guardó silencio. —¿Lista, Mamá? —susurró Dalia.

Mamá sonrió y asintió.

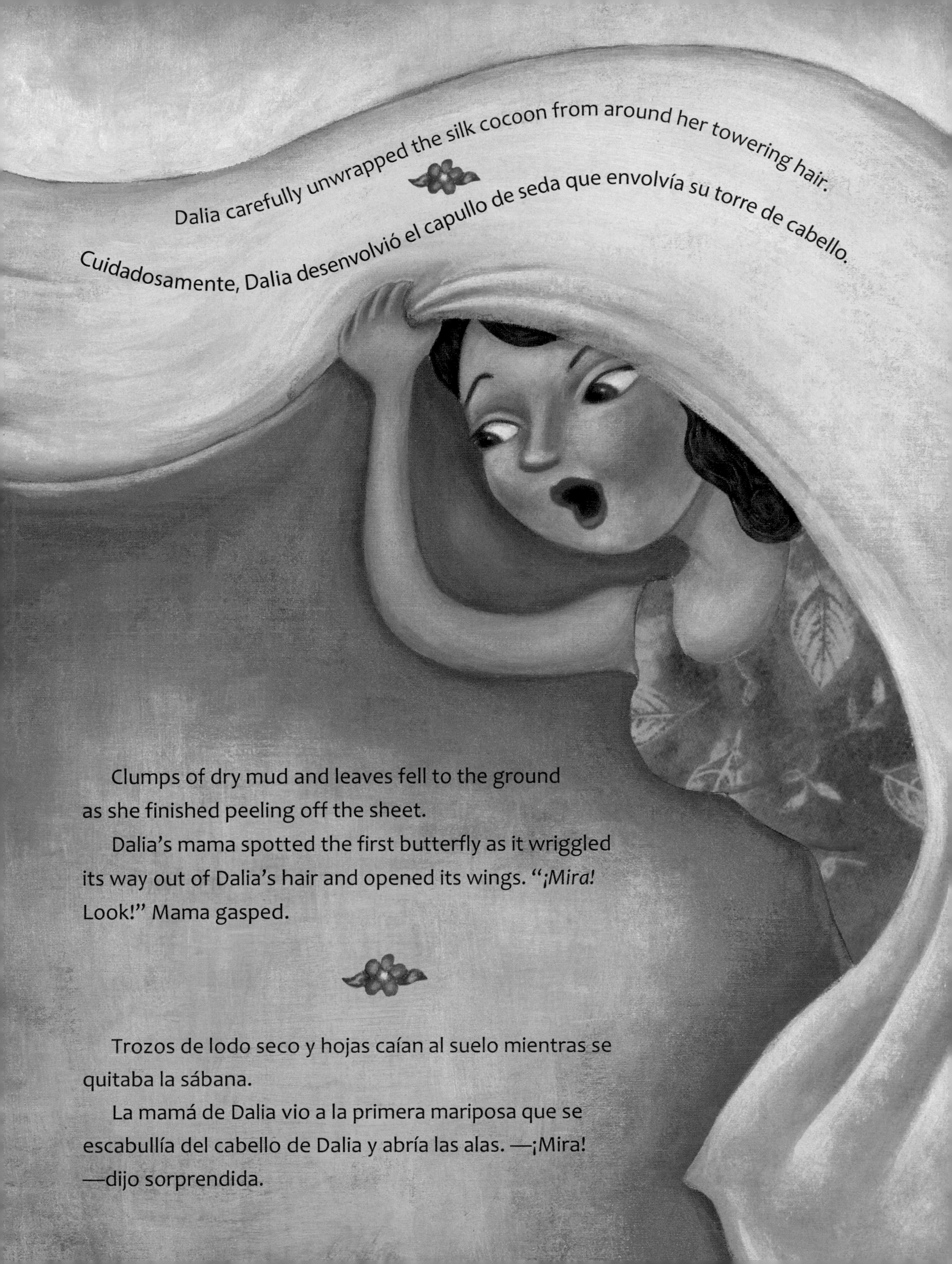

Dalia carefully unwrapped the silk cocoon from around her towering hair.

Cuidadosamente, Dalia desenvolvió el capullo de seda que envolvía su torre de cabello.

Clumps of dry mud and leaves fell to the ground as she finished peeling off the sheet.

Dalia's mama spotted the first butterfly as it wriggled its way out of Dalia's hair and opened its wings. "*¡Mira!* Look!" Mama gasped.

Trozos de lodo seco y hojas caían al suelo mientras se quitaba la sábana.

La mamá de Dalia vio a la primera mariposa que se escabullía del cabello de Dalia y abría las alas. —¡Mira! —dijo sorprendida.

Just then another butterfly spread her wings and another and another. Soon the sky became a dazzling quilt of butterfly wings.

Lifting her head up, Señora Domínguez stood taller than she had in years.

As the twins ran around flapping their arms, Señora Soledad stood stunned by the wing pattern of the butterfly poised on her finger.

Dalia's mama turned to her daughter . . .

En ese momento otra mariposa abrió las alas y luego otra y otra. Muy pronto, el cielo se transformó en una manta deslumbrante de alas de mariposas.

La Señora Domínguez levantó la cabeza y se enderezó como no lo había hecho en años.

Mientras las gemelas corrían aleteando sus brazos, la Señora Soledad estaba atónita viendo el diseño en las alas de la mariposa posada en su dedo.

La mamá de Dalia volteó hacia su hija . . .

"You are my beautiful, blossoming BUTTERFLY TREE!!"

"You guessed!" Dalia hugged her mama, and they both laughed.

As the butterflies danced in the garden, the neighbors huddled together and made plans for a spring picnic in honor of Dalia and her wondrous hair.

Dalia's mama picked a White Butterfly Lily for Dalia.

—¡Tú eres mi lindo y floreciénte ÁRBOL DE MARIPOSAS!

—¡Lo adivinaste! —Dalia abrazó a su mamá, y ambas rieron.

Mientras las mariposas bailaban en el jardín, los vecinos se juntaron y planearon un picnic de primavera en honor a Dalia y su maravilloso cabello.

La mamá de Dalia cortó una flor llamada Mariposa Blanca para Dalia.

DALIA'S WONDROUS HAIR

Before putting the flower in her hair, Dalia heard buzzing. As she watched a bee dine on the lily's nectar, Dalia got another idea.

"Mamá?" she asked, "Do you like honey?"

Antes de poner la flor en su cabello, Dalia escuchó un zumbido. Al ver una abeja libar el néctar del lirio, a Dalia se le ocurrió otra idea.

—¿Mamá? —preguntó—, ¿Te gusta la miel?

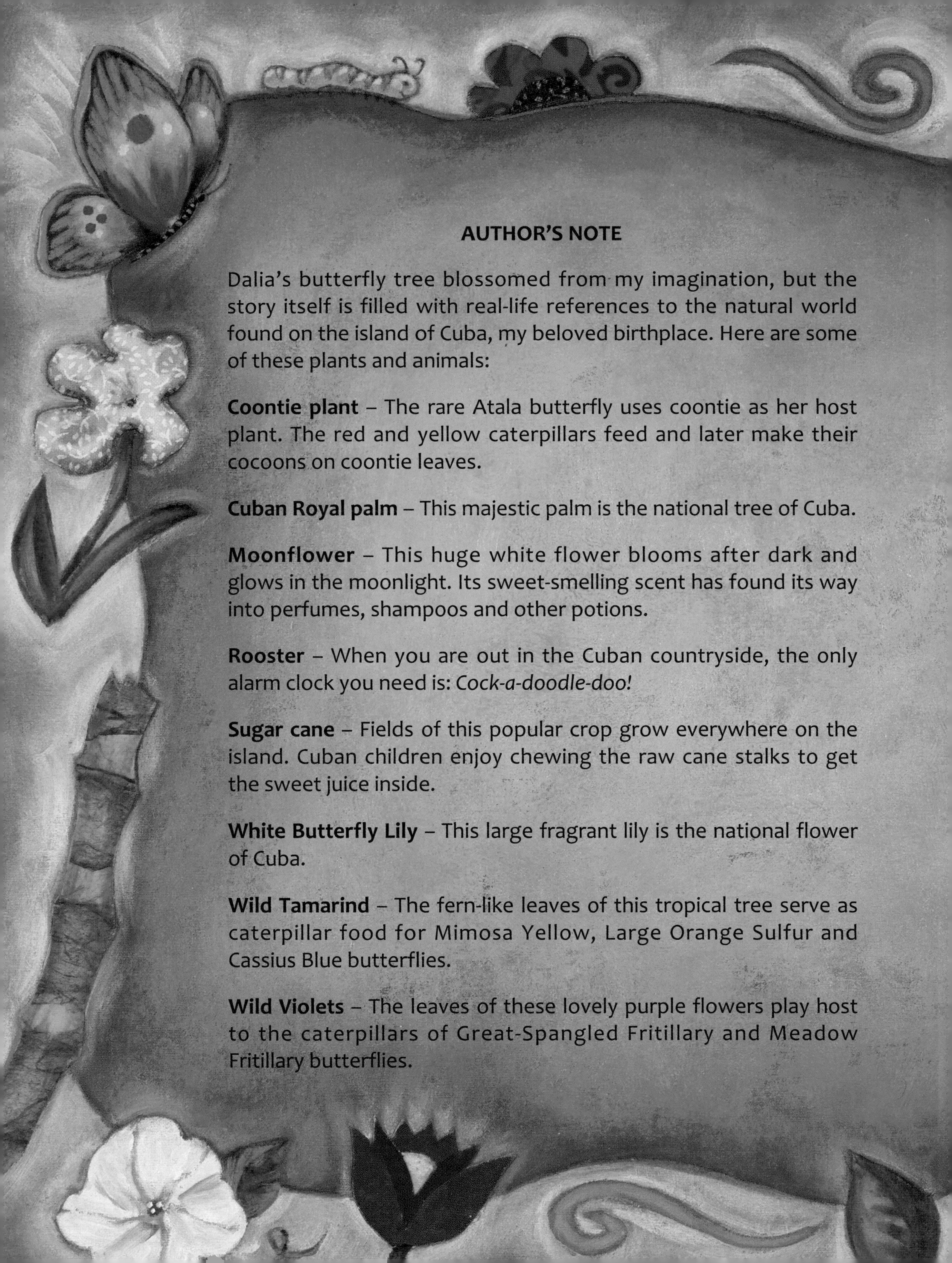

AUTHOR'S NOTE

Dalia's butterfly tree blossomed from my imagination, but the story itself is filled with real-life references to the natural world found on the island of Cuba, my beloved birthplace. Here are some of these plants and animals:

Coontie plant – The rare Atala butterfly uses coontie as her host plant. The red and yellow caterpillars feed and later make their cocoons on coontie leaves.

Cuban Royal palm – This majestic palm is the national tree of Cuba.

Moonflower – This huge white flower blooms after dark and glows in the moonlight. Its sweet-smelling scent has found its way into perfumes, shampoos and other potions.

Rooster – When you are out in the Cuban countryside, the only alarm clock you need is: *Cock-a-doodle-doo!*

Sugar cane – Fields of this popular crop grow everywhere on the island. Cuban children enjoy chewing the raw cane stalks to get the sweet juice inside.

White Butterfly Lily – This large fragrant lily is the national flower of Cuba.

Wild Tamarind – The fern-like leaves of this tropical tree serve as caterpillar food for Mimosa Yellow, Large Orange Sulfur and Cassius Blue butterflies.

Wild Violets – The leaves of these lovely purple flowers play host to the caterpillars of Great-Spangled Fritillary and Meadow Fritillary butterflies.

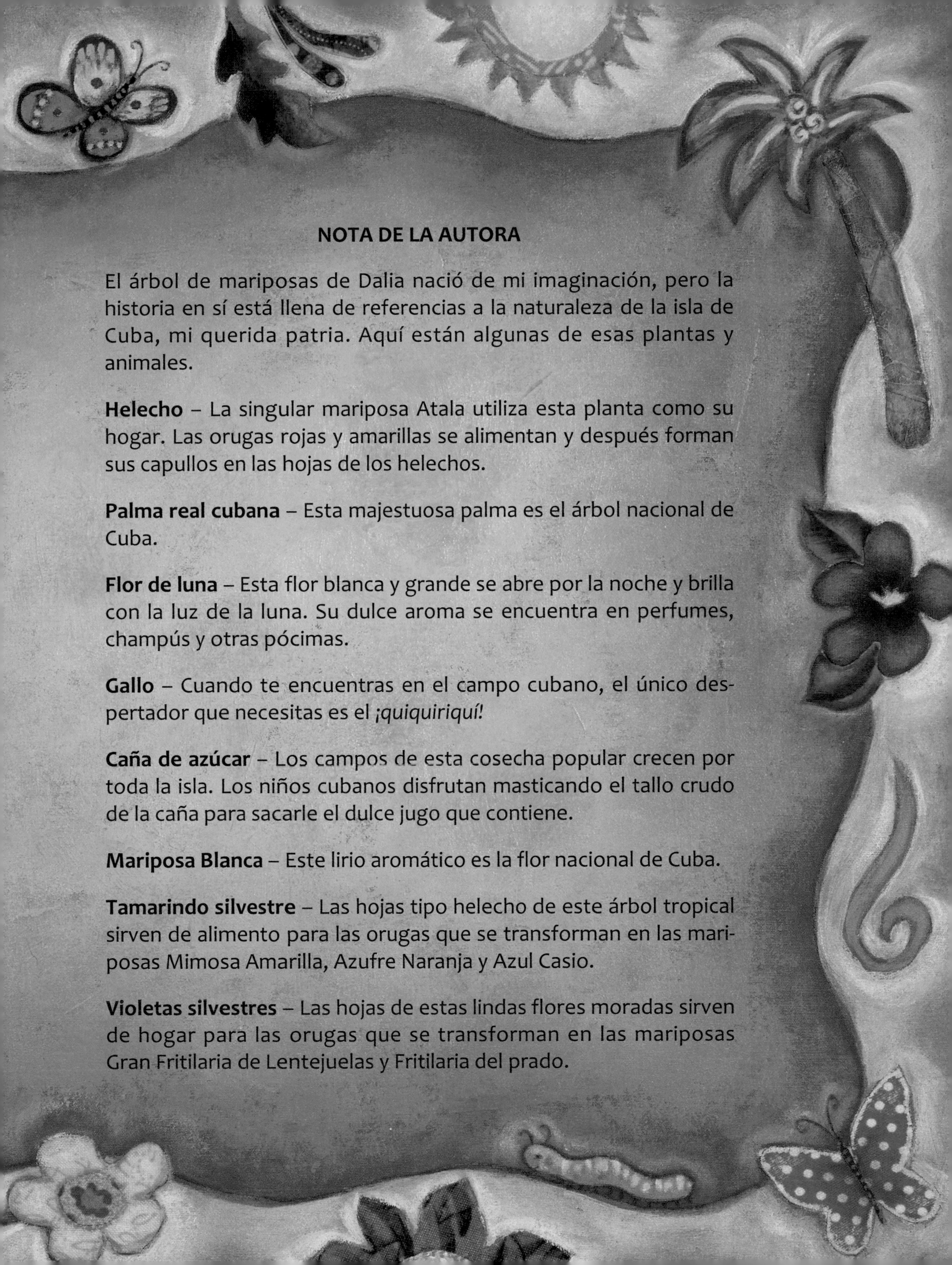

NOTA DE LA AUTORA

El árbol de mariposas de Dalia nació de mi imaginación, pero la historia en sí está llena de referencias a la naturaleza de la isla de Cuba, mi querida patria. Aquí están algunas de esas plantas y animales.

Helecho – La singular mariposa Atala utiliza esta planta como su hogar. Las orugas rojas y amarillas se alimentan y después forman sus capullos en las hojas de los helechos.

Palma real cubana – Esta majestuosa palma es el árbol nacional de Cuba.

Flor de luna – Esta flor blanca y grande se abre por la noche y brilla con la luz de la luna. Su dulce aroma se encuentra en perfumes, champús y otras pócimas.

Gallo – Cuando te encuentras en el campo cubano, el único despertador que necesitas es el *¡quiquiriquí!*

Caña de azúcar – Los campos de esta cosecha popular crecen por toda la isla. Los niños cubanos disfrutan masticando el tallo crudo de la caña para sacarle el dulce jugo que contiene.

Mariposa Blanca – Este lirio aromático es la flor nacional de Cuba.

Tamarindo silvestre – Las hojas tipo helecho de este árbol tropical sirven de alimento para las orugas que se transforman en las mariposas Mimosa Amarilla, Azufre Naranja y Azul Casio.

Violetas silvestres – Las hojas de estas lindas flores moradas sirven de hogar para las orugas que se transforman en las mariposas Gran Fritilaria de Lentejuelas y Fritilaria del prado.

Here's how to create your own butterfly garden at home:

- Find an ideal spot—a location that gets plenty of sun, but is protected from the wind.
- Lay out several flat rocks—butterflies enjoy sunning themselves after dining.
- Butterflies need water, so create a butterfly pond by filling a small bucket with sand and enough water to keep the sand moist.
- Plant a variety of colorful flowers that will provide nectar for the adult butterflies to eat.
- Provide food for the caterpillars by planting host plants.
- Finally, put a bench or chairs in your garden, so you can relax and enjoy the butterflies!

Butterflies are attracted to specific host plants and nectar sources. Do a little research to find out what kinds of butterflies live in your area, so you'll know which flowers to grow.

Cómo hacer tu propio jardín de mariposas:

- Encuentra el lugar ideal —un sitio que tenga bastante luz del sol, pero que esté protegido del aire.
- Coloca varias rocas planas sobre el suelo —a las mariposas les gusta tomar el sol después de cenar.
- Las mariposas necesitan agua, así que crea un vivero llenando un cubito con arena y suficiente agua para mantener la arena húmeda.
- Siembra una variedad de flores coloridas que provean néctar para alimentar a las mariposas adultas.
- Proporciónales suficiente comida a las orugas sembrando plantas huésped.
- Finalmente, ¡pon una banca o sillas en tu jardín para que puedas relajarte y disfrutar de las mariposas!

A las mariposas les atraen ciertas plantas huésped y cierto tipo de néctar. Investiga un poco para averiguar qué tipos de mariposas viven en tu zona y así sabrás qué flores sembrar.

Laura Lacámara is a Cuban-American artist and author. She wrote *Floating on Mama's Song* (HarperCollins), a bilingual picture book inspired by her mother who sang opera in Havana. Laura illustrated *The Runaway Piggy / El cochinito fugitivo* and *Alicia's Fruity Drinks / Las aguas frescas de Alicia* for Piñata Books. *Dalia's Wondrous Hair / El cabello maravilloso de Dalia* is the first book Laura wrote and illustrated. Laura lives in Venice, California, with her husband, their daughter, and a doggie. Learn more at: www.LauraLacamara.com.

Laura Lacámara es una artista y escritora cubanoamericana. Escribió *Floating on Mama's Song* (HarperCollins), un libro infantil bilingüe inspirado por su madre quien fue cantante de ópera en La Habana. Laura ilustró *The Runaway Piggy / El cochinito fugitivo* y *Alicia's Fruity Drinks / Las aguas frescas de Alicia* para Piñata Books. *Dalia's Wondrous Hair / El cabello maravilloso de Dalia* es el primer libro que escribe e ilustra. Laura vive en Venice, California, con su esposo, hija y una perrita. Para saber más sobre ella, visita: www.LauraLacamara.com.